バベル

村田マチネ

港の人

目次

短歌

変種短歌

詩

創作短篇

短歌

初夏の大地

五線譜を上り下りつ調べあう男女《ふたり》はいかな夏のそろそろ

豆の木の蔓で編まれたブランコが昼の三日月吊るすから初夏《なつ》

ガリレオの望遠鏡も届かない小さな嘘は詩人のはじまり
（永井陽子へのオマージュ）

でも夏はなにか良いことありそうな　縄跳びの唄ベンチに届けば

屈強の大和おとこも湿らせる雨季近づけりガンダーラ越え

よく遊びよく食べ眠りまた遊べ　賢《さか》しらなかれ大地のわらべ

体《たい》は地へ心は宙《そら》へ　重力に逆らわぬこそ死と呼ぶべけれ

空の青さに向けて

マジシャンの胸ポケットから鳩出ても空の青さは覆らない

飛ばずして空の青さに憧れる勿れ《なかれ》と言いし恩師は空に

形容詞ばかりの部屋で燻れ《くすぶれ》ば完了形で終わる日の暮れ

切り取った秋空みたいないちまいを心に隠しもち冬に入る

「ここから」という標識につかまりてひたすら秋へ向かう空見る

夜半の目覚め

転がるる枯葉は踏までよろめけり　半歩遅れの帰路を愉しむ

吹き溜まる銀座通りの落ち葉踏む　多情多恨の湿り含ませ

短歌《うた》などとう腹の足しにもならざるを夜半《よわ》の目覚めに留めて温《ぬく》し

青春短歌

ビジテリアンになって良かったよ僕はもう走れないんだと老ライオンは言った

シェーバーの二枚刃の寿命それぞれに違いのありて旅立ちかねる

神様の出来心かも　戯れに人を創りしのちのため息

ラブソングはモルヒネよりも激痛を時には和らげるものなんだ

生ハムとブロッコリーの寿司ネタに醤油を垂らす一途にあれば

東京から大阪なんてのんびりと座っていけるさ　自転車ならば

「ボローニャ風喧嘩祭りという料理あったかしら」とタバスコ落とす

生きているあんたたちより何倍も活きがいいぜと目でいう魚

誰に手を振ってたんだろあの少女　波音だけの海に向かって

手に手に持つおでんと夢は冷まさぬようホストと並ぶ夜のコンビニ

遊ぼって言えば応える遊ぼって　だけど遊んでくれない木霊《こだま》

一日にたった一度の会話あり「温めますか？」「はい」とニートが
（テレビの報道番組より）

今晩のおかずはこれよ　大恐慌ハンバーグつき失業サラダ

途方もなく無意味なことを夢想する　実物大の地図であるとか

ざらついた舌で私のほっぺたを貧乏神がゆっくり舐めた

死にきれず「ここよここよ！」と手を振って幽体離脱　天井止まり

「牛肉《ぎゅにく》の国《くに》ゆき」という回文が牛丼食べて浮かぶ　春だね

春セーター春いっぱいを吸い込めば待ち人来たる予感騒げる

ギャラクシー降り立つ横丁タバコ屋のその軒先の猫の欠伸《あくび》よ

「へいてん」と下手くそな字で書いてある幽霊館は　来夏《なつ》まで休み

「なくさないで下さい」なんて書いてある給油口の蓋　なんかかわいい

蒸気した君が笑った「素粒子の限界かも」とソーダ飲み干し

この国の貌《かたち》覚えた鳥がゆく　あっかんべえをしながら浄土《そら》へ

脱ぎ捨ててあるジーンズに日は暮れて鉛筆みたいに動き出す影

恋人たちの卒業証書

「愛してる愛してない」と花ちぎる山本モナの卒業証書

♪ああ、あれは春だったね♪と歌うときみんなやさしいあしながおじさん

金星と火星を行き来するくらい愛してるって曖昧さ　好き

ほめ殺しするとくねくねする蚯蚓《みみず》　見習うべきはそのひたむきさ

愛という文字を一筆書きでする少女よ　それは自己愛なのだ

就活も今朝の恋愛占いもカフェオレ頼み渦の解《ほど》けて

また僕の片想い終わる　冷蔵庫から出して注す目薬低く

ガラパゴスあたりの風に誘われてキングギドラも恋をする春

「さあ、サルサを踊ろう君にもできるよ」と指名手配の恋泥棒待つ

いつかまた会えるだろうか束の間の虹を被せて酔う春もみじ

R>G資本主義とはわからぬよう吸い上げる仕組みピケティは正しい

恋の歌◯◯系

万葉の恋のいろはを知るためにタイムマシンを作る理科系

うしろ手に花束を持ちノックする純情ブルート　体育会系

ポケットの中で指折り並べてる三十一文字《みそひともじ》の愛　文科系

おみくじとソフトクリーム分け合ってセンター街を行く渋谷系

彼の言うＵＦＯ信じないけれど彼は信じる　この銀河系

冬の景色

古時計一日二秒遅れるを確かめているビクターの犬

ゆずレモン　汁粉　ポタージュ　自販機に温められて電車を送る

死んだ者だけがやさしい冬の朝　詠み人知らずの歌に囲まれ

赤銅の雲にあしたを託そうと故なく拾う朽ち木さびしも

空っぽの頭カラコロ鳴り止まず　西日の部屋で回す鉛筆

童話Ⅰ

七色の絵の具が欲しくて消えかかる虹から落ちた天使のはなし

どんぐりを飛ばしてノック　悪戯は迷子になった秋風のしわざ

銀河鉄道どこまでも行くチョコレート色の電車は油の匂い

いつもなら風に任せて飛ぶ鳥が今朝は屋根から見下ろして　秋

今度来る流星群をつかまえて明らかになる僕らの未来

童話Ⅱ　（二連短歌）

この辺で猫の湯浴みという駅をどなたかご存じではないですか？
晴れ渡る秋の一日だけ開く世界で一番小さな駅です

ひさかたの

ひさかたの空のまほらに目を瞑《つむ》りその悲しみを言い当てし人

おそ夏の別離とならむ　学童ら遊《すさ》びて缶を転がすゆうべ

夏の雲　すでに晩年かもしれず　資本主義とうビル朽ち初《そ》めて

真夜覚めて灯油《あぶら》運べり病《いたつき》の妻と語らな暖を取りつつ

日めくりの一枚を剝ぐ赤貧のあぶら一滴拭き取らんがため

　あの夏

水撒きのホースより虹　乙女らは恋の算段　葉陰に揺れて

しら鳥は哀しみ色に染め上げて気化せり人と生まれ変わるため

人の輪に入らず人のためになることをしようと決めた　あの夏

六十年生きれば夭折とは言わず乗り物降りて来るを憧《あく》がる

あとはもう秋の夕暮れ待つのみの夏の夕暮れ　てくてく歩く

輪廻転生

太古より変わらぬものを愛《かな》しめり　空を見ている人は憎めず

エジプトに生まれていたらエジプトが好きだったはず　地球儀回す

東日本の大気が不安定という　ちぎり絵を貼る　いっしんにいっしんに

あかね雲夕餉買い出し鐘の音ねずみ浄土の時間でもある

歩こうよ花のトンネル来世にてまた会う場所を決めておくため

地上絵は向日葵《ひまわり》でした天国へ昇って行った魂の見た

身の丈ほどカルマはありき　はつ夏の雲の上より十字架撒かれ

人類が知恵を得てよりテーブルに置かれしままのまちがい林檎

ベツレヘム遠き故郷にはや馬を走らせよ我が友瀬したれば

古新聞十字に固く縛るとき磔刑《たっけい》のキリスト現れんや

　弱者　貧困　またはその予備軍

戦力外通告受けた選手には子ども三人お腹に一人

初めに妻次に子どもがのしかかり「これが家族の重みよ」と言う
（鈴木コウユウ氏ブログ）

倒産の社長夜逃げの会長と並び収まる名刺ホルダー

「聖母にはなれなかったの」コンビニで働くマリアの笑顔が清《すが》し

「ホームレスはハームレスです　僕たちを虐めないで」と看板があり

頑張れと僕が僕に言う歯磨きの午前三時の鏡の前で

頑張れば良くなるという幻想は捨てなさいと言うペンギン時計

カレー屋で見知らぬ人が唐突に「大変ね」と言えば泣き出すと思う

雪だるま火だるま血だるま泣きだるま　悲しみ止まぬ地球はだるま

人類は泣かずに生きるには未だ熟せずと言いターンするロボ

景気対応緊急保証制度融資申請用紙　たそがれて春

シマウマは自分の子どもがライオンに食べられるのを離れて見てる

希望とは耐えることだと言い聞かせネットカフェで剝がすかさぶた

懺悔とも憤りとも知れぬその握りこぶしの中になにがある

父さんはおまえが弱虫でよかったと思ってるんだ　すぐ逃げなさい

教科書に書かれてあった幸せになる方法のいくつかは嘘

たとえどんなに苦しんでいても御仏《みほとけ》は微笑んで見下ろしているだけ

いつも来るホームレスのためつり銭は抜かずにおこう夜明けの自販機

並ぶ側にいつ回っても変ではなく炊き出しの飯大盛りに盛る

僕はまだ生きていますよお母さん　よく生きているものであります

夕焼けをポケットに入れ持ち帰る　あしたはきっと晴れると思う

少年の日の勲章は染み付いた赤チンの色　夕焼けの色

あの頃は楽しかったな　なんでだろ最中を食べたら泣けてきて　変

夢の中で見た風景

象の背に運ばれてきた温かな又厳かな涸れない涙

パンノキに見覚えのある詩が一篇刻まれている　ああここは地球

不届きな雨が入ってこないよう心を閉ざして見る天の川

豪雨の中微かな叫び「死んじゃだめ、とにかく死んじゃあ、だめなんだってばあ」

「よくお出で下さいました」と沙漠にて残酷すぎる日常が笑う

隠れんぼ　しゃがんで泣いてる女の子　いなかったかな　忘れられた子

街角は哀しみ色に明け暮れて風さえ風に吹かれし廃墟

誰しもが大事なものをひとつまたひとつ失う戻れない川

落命の危機ある次のミッションに束の間降りた美しい虹

整列乗車（人身事故のアナウンスの後で思ったこと）

手際よく片付けられて何事もなかったような整列乗車

「助けてと言える奴なら助かる」と言ってたお前が助からなかった

死んだ者だけがやさしい　独りごと言えば応えるポプラ並木に

生きててもいいのですかと歩きつつ問えば肯う　さみどりの中

それぞれにもの想う秋　それぞれの顔を並べて整列乗車

居酒屋を出て

居酒屋で海苔が前歯にくっつくとひとつ忘れる昭和の誓い

良いことなどあるのでしょうか冬空に素数でできた星座《ほし》をみつけて

スタップは必ずあると信じてる彼女に贈る黄色いハンカチ

年取ればわからぬ荷物ばかり増え沈みっぱなしの救命胴衣

スクラムを組むが如くに前をゆく酔漢三人《すいかんみたり》何を歌うや

春、かもしれない

自転車のベル鳴らす音近づきて春もそこそこ整う新緑《みどり》

生々しき切り株に手を当てて聴く　お前はどんな一生だった？

ゆくりなく高いとこから落ちてくるサクラなんかはそうとう淫ら

のっそりと日は伸びてきて娘《こ》は今日も転職情報誌を広げてる

信号がなかなか青にならぬのも歯が痛いのも花粉が悪い

コーヒーの一滴垂らす舌の上　ほろほろ苦い晩春である

従属の契印揃え難くして湯呑に吐息落としてる　春

関わらぬ方にいくぶん傾《かたぶ》きて夕餉の魚《いお》のいのち頂く

縁側の三寒四温　振り出しに戻るが二回　ひとり双六

幸せと思う一瞬こそ幸せ　ケーキのつり銭もらうときとか

泣くということ

葉桜で占うなまた泣けてくる　劇場型の弱みが透けて

音楽になれない朝は手探りで夢のあとさき涙でなぞる

骸骨によくある話　カクカクと笑うつもりが泣ける理科室

『遺伝性伝染性疾患』もらい泣き早口言葉でまたもらい泣き

押されるは楽し　おしくらまんじゅうに泣いているのは押されぬ子ども

「若者」を「じゃくしゃ」と読めば啜り泣く闇の声する貧困連鎖

憂鬱の「憂」に寄り添う人あれば「優し」に変わる　雨の一日

肘と首曲げたままにて泣き止まぬパントマイムのヒト　増殖中

「アイデンティティー」訳語あらずばたらちねの母がふる里　味噌汁温《ぬく》き

この国で泣くのは違法　ビル影に歩幅正しき勤労者たち

誰彼にわかってほしい饒舌のカナリアごっこ泣かない決まり

熱帯夜秋まで続き少しずつ動くビーナス裸像に涙

世界史の旅

革命を熱く語れば冷めて行く珈琲　モンパルナスの館に

クレモナのストラディバリの工房の七つの穴の音の階段

寝落ち行く記憶の底に狩りをするクロマニヨンが火を持ち歩く

文明の夜明け占うチグリスとユーフラテスの魚跳ねたり

涙と変わるための水

跋扈する魑魅魍魎の暗闇から届くあなたの声清々《すがすが》し

荷を外す　今日も一日生きたからひとりひとりに降る雪　少し

ダーウィンの没後二世紀人類の進化を外れ時雨煮を炊く

カレンダーが二月のままになっている　道理で寒いわけだと手酌

幾山河越えて着きたる蛇口より涙と変わるための水飲む

ある母の晩年

秋深き中古ミシンとわかる音　亡母《はは》が着ていた古割烹着

怒らせた子よりも悲しませた子は悪にまさると歯で糸を切る

絶望は一回きりでいいからと亡き子を背負い連れ帰る母

「音読の速さ　黙読の速さ」という走り書きあり亡母の日記に

死の淵を見て絶景と言いにける亡母より強き人はまだ見ず

ユートピアノの町を歩いて

田舎のバス次はもうなし　気まぐれに呼び戻されたあなた色の海

廃校の下校チャイムが聞こえくる　後悔多き鞄を下ろす

空耳に慰められる「もう無理はしなくてもいい」目の前の海

どこまでが本物だった？　忽然と現れ消えた四季ユートピアノ

春夏秋冬

春は罪　浅き眠りにゆる火入れやんわり殺す苦などなきごと

夏の夜月下美人は考えた　一生咲かぬ良し悪しについて

嵐の晩「助けてくれ」と窓硝子叩く男を見過ごさざりしか

亡き父が望遠鏡で見ろという蜃気楼の町　吹雪に煙る

男子に生まれて

男とは恋の実のなる花探し蜜を運べば燃え尽きる蜂

仁義なき戦《いくさ》に墜ちし一枚の羽衣そはも揺るぎなき白

切符には自己責任の透かし文字　これが僕らの時代だ　鳩よ

凶器持つ子どもを背中《せな》に乗せながら世界平和の札拾う旅

無常などもはや詠わず戦《いくさ》とは戦場へ子を送らざること

一人歩き

親指と人差し指を地図に置き一生で歩く距離を思えり

下町の鰹節屋の陽の当たる二階で唸る女浄瑠璃

ゴミの日にゴミ置いてあるうれしさよ　ペダル上げ下げ日向巡りに

バロックのいつも流れる白い塀　会いに行くのは双子座の人

内視鏡検査の帰り側を飛ぶテントウムシとおんなじ速さ

木枯らしの1号吹く日背の低い夫婦のペットショップが閉じた

表札は変わったけれど枇杷の樹は遠くへ行った友達の家

帰り道を失くした路地に立ち尽くす中島みゆきと私の昭和

神々の姿見えずも匂い立つ通過列車の向こうには海

花の名をひとつ覚えて次の町　赤字路線の駅で水飲む

マラソンでいえば三十五キロ過ぎ　ラストスパートはしなくてもよい

電飾の街くぐり抜け我が家には吐息のごとく茶の湯気立てり

悲しみの果実

「認識論は存在論を規定す」とセーターに編むポーキングの妻

長らえば秋を厭わぬ蟬のいてなに思うなくベランダに出る

魂《プシュケー》の独り言かも雨だれはモールス信号　屋根を打ちいつ

灰のなか燃え尽きなかった線香を自分自身のように探した

灰皿は来るものだけのために置く　源泉徴収税額票の上

空っぽの心に似合う空っぽの財布に挿む紅葉《もみじ》一枚

一心に一途に一所懸命に祈るかたちに啄木鳥《きつつき》がいる

ジョバンニの降りる駅より近くしてカンパネルラより遠きふる里

かなしみの果実の湿り含ませる貿易風の行き着くところ

ベランダに星のある夜

ベランダに星のある夜は宇宙など身近なるかな　夕餉の秋刀魚《さんま》

ベランダに星のある夜は打ち解けて女房《にょうぼ》に洩らす弱音のいくつ

ベランダに星のある夜は寒がりの星もあろうてべべを着もせで

ベランダに星のある夜はしんとして戸を叩く音　まれびと来たる

目立たぬひとびと

永遠に千葉にはなれぬ西千葉の場末で啜るラーメン美味し

相棒を亡くせし皿回しにあれば余生は皿を静かに磨く

「今月で終わりですか」とこの店の主《あるじ》と今日は初めて話す

怠惰なり花も見ざれば恋もせずひたすら螺子《ねじ》を巻く男らよ

世界は愛

せかいせかい世界はたまご　世界は愛　今朝も世界をご飯に掛けて

夕焼け道いつかは人になりたいと語り合ってる二体の案山子《かかし》

その国の男は女依存症　女は男依存症なり

その国の土竜《もぐら》は愛を食べている　『掘り尽せない思想』と呼び替え

祭の夜

祭なれば誰もがかつて指笛を鳴らすやさしき道化師なりき

子は行けり登戸《のぶと》神社の夜祭のテキヤ屋台の灯り恋しと

夜をこめてたどり着きたる砂浜に埋もれた冬の花火を探せ

口笛は掠れて吹けぬ夜道なれ　ノンアルコールビールに酔えば

変種短歌

輪廻転生三途の川に（回文短歌）

吾送《われおく》る秋騒《あきさわ》がしひころよ　あゝ　喜《よろこ》びし川先歩《かわさきある》く俺《おれ》は

秋の鬼（ローマ字回文）

秋の鬼住処《すみか》にごろん　のろい泣き虫の鬼か
akinoonisumikanigoron　noroginakimusinoonika
（g は英語の sign のように発音しない場合もあり）

各駅停車で千葉から上京する剣士

〈わが身剣士《みけんし》、家内《けない》は致死《ちし》に罰《ばち》は消《き》え〉西へ西へと都を目指す

〈　〉内を逆に読むと、〈駅は千葉、西千葉、稲毛、新検見川〉となる

雨傘

朝方はパラパラだった雨傘がなかったならばヤバかったかな

（母音がすべてアで終わる）

俳句から転化した短歌

茶柱やアリスの穴に冬ごもり　亡き母上の古漬け恋し

縄跳びで括る銀河や春隣　言葉でつなぐ梯子《はしご》足らずば

孤独死もよからんと食う雑煮《ぞうに》かな　怠惰一生　悔いて純情

親切な帽子屋さんと秋の猫　古地図で歩く旅の途中で

春たけて野に一列の夢並ぶ　忘れ物はありませんでしたか？

恋人の立ちブランコの背に青葉　いつかは帰る故郷《ふるさと》の道

鴉鳴く卒塔婆の数や柿の色　無縁仏の前掛けの色

降る雪や抱える人のそれぞれに　歩けば見えてくることあらむ

劇場を出て現実という寒さ　ニートの娘に運ぶたこ焼き

天高しビンラーディンの独り言　子に罪はなし　子に罪はなし

天高き自分探しの糸切れて　ピアノにすがる指長き女《ひと》

預かりし辞表の温み懐手《ふところで》　如何《いか》にせんとや坂道下りて

縁側に小春日もなしビルの街　薄茶で放る延命サプリ

迷惑は掛けずありける曼珠沙華《まんじゅしゃげ》　あゝそのように終えたしと思う

皮肉かつゴーマンな短歌

敗者には共通の特徴がある　自分で自分を慰めることだ

念じても人は殺せない　もしできていたら人類は絶滅している

金はない　高級感は味わいたい　庶民はたいていそう思っている

大富豪または一文無しだけが金より大事なものがあると言う

念願のダイエットにも成功しスリムになったものは病人

「なぜわしを愛さないのだ」「だって君、自分のことを愛してるじゃない」

短歌で昔ものがたり

悪路王（寺山修司と宮澤賢治へのオマージュ）

彼《か》の山《やま》の悪路王《あくろわう》とぞ花《はな》びらを食《く》ひ散《ち》らかして眠《ねむ》りを知《し》らず

禿山《はげやま》となれば道往《みちゆ》くをみなごの花簪《はなかんざし》も食《く》ひちぎりをり

村人《むらびと》は花《はな》をなくせしさみしさを如何《いか》にせむとて種子《たね》を撒《ま》きしが

あな恐《おそ》ろ怪物《くわいぶつ》がその種子《たね》さへも食《は》ぶるさまこそ浅《あさ》ましかるれ

山狩《やまが》りも験《しるし》あらざる怪物《くわいぶつ》のその臓《ぞう》の腑《ふ》の闇《やみ》の深《ふか》さよ

「我《われ》は食《く》ふ故《ゆえ》に我《われ》あり」 外《と》つ国《くに》の賢者《けんじゃ》を並《な》べて道《みち》を説《と》きたり

年経《としふ》りてさても不思議《ふしぎ》はありぬべし 王《わう》の耳《みみ》より花咲《はなさ》き初《そ》むる

目口鼻臍尻毛穴《めくちはなへそしりけあな》 悉《ことごと》く花塞《はなふた》がれば正体識《しょうたいし》れず

怪物《くわいぶつ》の作《つく》りし花道《みち》と旅人《たびびと》は幾世《いくせ》琵琶《びわ》にも語《かた》り継《つ》がせばや

バーニングマン祭（短歌で綴る詩）

この星でなにもいいことなかったという者だけで祭りをしよう
暴力も金も陳腐な説教も持ち込み禁止というルールでさ
僕たちは溜まりに溜まった鬱憤をそこで発散させてもいいし
瞑想に耽り自分の「ほんとう」を発見することだってできるんだ
ヒッピーと昔呼ばれた若者は社会のゴミと言われていたが
パソコンと地球環境に革命を与えたのってあいつらだった
食物の繊維質ならよく摂るといいよ　なぜなら繊維質って

今までは役立たずとかまったくの不要物としか見られなかった
でもそれが消化を手助けするためになくてはならないものと判った
必要のない者なんてこの世にはいないんだから　さあ僕たちの
賑やかな祭りをしよう　ドラッグや根性なんて要らない祭を
宗教や言語の違い、職業や学歴なんかに振り回されるな
嫌なこと、忘れてしまいたいことは最後の夜に燃やしてしまえ
僕たちが原始時代にそうやってこの大自然を畏怖したように

短か歌（文字数をできるだけ短く作った短歌）

謀《はかりごと》巡《めぐ》らす一日《ひとい》商人《あきんど》の貌《かお》現《あらわ》れて厳《おごそ》かにある

侍《さむらい》の十一月《じゅういちがつ》に潔《いさぎよ》く抜《ぬ》く刀《かたな》とは短《みじか》き刀《かたな》

羅《うすもの》を纏《まと》う許《ばか》りの兵《つわもの》が勝鬨《かちどき》挙げる弔合戦《とむらいかっせん》

魁《さきがけ》は成功者《せいこうもの》の理《ことわり》と恣《ほしいまま》鳴《な》く朝《あけ》の鶯《うぐいす》

政《まつりごと》司《つかさど》る者《もの》悉《ことごと》く自《みずか》らの良心《りょうしん》に従《したが》え
恙《つつが》無《な》き営《いとな》み保《たも》つ僻村《へきそん》の厩《うまや》へ続《つづ》く二本《にほん》の轍《わだち》
五月雨《さみだれ》を掌《てのひら》に溜《た》め拵《こしら》える湖《みずうみ》一《ひと》つ光《ひかり》の極《きわみ》

ファゴット（自由律短歌を繋げた詩）

ひょっこりひょうたん島に出てくる保安官
ダンディーのハンモックをねだる子どもでした

あなたの失敗を微笑みで返せる余力ももう
残されていなかったので

眠れなければ眠れないなりに
愉しい一夜に星は煌めく

オーバーホールされて戻ってきた
ファゴットの音色に
産まれたばかりの星の温もりが交感し

なつかしいフランスオペラを回想しながら
トリュフを皿に躍らせれば

「いいわよね、現代《いま》の娘《こ》は」とあなたが
諦めたように笑う
そのはにかんだ横顔が

夜の窓硝子に映る

「さよなら」と

席を立つときにあなたが拭いたナプキンの
口紅の赤が恐くて僕は

時空の闇に放り込まれたまま
けっして進化しない
鳥類の化石のようでした

ありがとうが遠くなり
昭和の昔に流行ったような
一人コントが聞こえてきます

あなたが海だったとき　僕は
とりとめもない雲だったと

あなたが空だったとき　僕は
忘れ去られてしまった鳥であったと

浦島太郎のように
未知の島にでも漂着できればよいのだけれども
しあわせになれるあてなどどこにもない

（ファゴットの音色に不意を突かれただけです
不覚にも涙を溜めてしまいましたよ）

「神様はきらいです」と言って
日曜礼拝を飛び出して行った子どもの靴跡が
今も教会の前に痛々しい

産まれたばかりの星を見るために　今でも
樹に吊るされたままのハンモックは
揺りかごのようにやさしくて

今夜はきっと
素直な気持ちであなたのしあわせを祈ります
ありがとう
星になった人へと

坂内友美作「伝える」

詩

話したことのない店長

話したことのない
その店の店長は
いつもお客ににこやかに
あたりさわりのない会話をもって
適度なユーモアをもって
あしたの天気を当てる
その性格が生まれつきのものか
商売のために習得されたものか

意外と抜け目もないんだな
僕が紅茶に砂糖を入れないことを知ると

一度も話したことのない
その店の店長は
いつも運ぶトレーの上に
スティックシュガーを置かなくなった
けれどもスプーンだけついてくるのは
なぜ？
話したことのない　その店の店長は
知っているのだろう
僕がいつも
なにも入っていない紅茶を
うわの空でかき混ぜていることを

トゥルー・ロマンス

たいていはうまく行かないものなんだと
クラレンスは言った
そう、たいていはね
でもあいつは
俺みたいな弱虫には
絶望なんか一人でしてろと
スクリーンの中から唾を吐きかけるだろう
(男たちの焚き火がいいね
なにを話してるんだろう
セントラルパークを這いずり回る
肥満ネズミを火炙りにしたら

みんな俺たちの胃袋行きさ、とでも?)

たいていはうまくいかないものなんだよ
商売はマーケティング論に支配されている
少しばかりの金を稼いで喜んでみたって
泳がされてるだけさ
ほとんどの戦争が
計算されつくした芝居みたいに
(あのスーツケースにはカラシニコフが隠されている)

みんな偶然を熱望するが
たいていはうまくいかないものなんだ
(南太平洋に浮かぶ小国が今日も沈んでゆく　その速さは
アラブの石油が消費される量と比例する)

世界を変える気なんて
さらさらないね、と

クラレンスは言うだろう
あいつは自分と
一人の女のことしか頭にないから
でも
あいつが一人の女を救ったら
世界が変わるかもしれない

たいていはうまくいかないものなんだけど
ごくまれに
ギャンブラーの勘が確率論に勝利することもある
ごくまれに
諦めて撃った最後の一発が命中することもある
そうやって男たちは
世界と
歴史を変えたのは俺たちだと言っては
薄汚れた酒場で
今夜も飲んだくれている

アーミッシュの馬車

そして僕は
歩き始めなければならなかった
死者という言葉を
「透明な旅人たち」と訳した
遠い昔のやさしい詩人みたいに

諦めていたことを
死者と生者の境界で掘り起こし
地図の上に手をついて肯う
僕にできることは
祈りでも奉仕でもなく

wish you were here《あなたがここにいてほしい》　だけ

泣かずにいることがつらかった
新しいインフルエンザが終焉し
人々がその免疫を獲得すれば
泣かない人類が誕生するのだろうか

アーミッシュの馬車に石を投げつける
乱暴者の屈辱に耐えて生きる
それでも起き上がり　僕は
再び歩き始めなければならなかった

遠くの海で溺れている人を
誰も救いに行くものはいない
それどころか
なんだか懐かしい景色でも見るかのように
ぼんやり眺めているばかりなのだった

九つの短詩

扉を開くと僕たちは革命前夜のように励まされた
過去世がみな一緒だったので

ナイロビの空港で偶然拾い上げた道化師の証明書《ディプロマ》
それは真っ赤な偽物　サーカスのライオンが
人のふりをしていたようなもの

サプリメントを朝食代わりに飲み込んでＯＬが行くゼブラ・ゾーン
猛暑日であろうと涼し気

「みっともないからもう捨てなさい！」と殺された母が言う

ＡＢ型の血の付いたナイフ　錆びてる
チェストラックに置いてあるコインをつまみあげる
奇数なら雨　卑猥な言葉を呟いてみる

地球儀に歯形がついていたのは単に挨拶
「よろしく」「こちらこそよろしく」

友情を疑わぬこと
取り上げる一周遅れの回転寿司の皿

待ち合わせ場所をめぐって喧嘩別れしたままだった安寿と厨子王

預言者《アガスティア》の葉に走り書きして投函
どこまでが本当か知りたくて

いつかあなたは（平成歌謡曲）

いつかあなたは国を出て
泣いた女を思い出す
遠い昔の諍《いさか》いも
セピア色した景色だと
片脚上げて懐かしむ

いつかあなたは国を出て
泣いた女を思い出す
二人でミスタードーナツの
ポイント貯めたことなども
手帳開けば思い出す

※　何かが増えて行くたびに
失くしたものがそれよりも
多かったって気づくはず
何かが増えて行くたびに
失くしたものがそれよりも
大切だったと気づくはず

いつかあなたは国を出て
泣いた女を思い出す
あたしが夢の運び屋を
高いお金で雇うから
あなたはきっとうなされる

いつかあなたは名をあげて
昔の女を自慢する
こいつは俺が三度めに

棄てた女と写真見せ
ワインのつまり代わりに言う

※　何かが増えて行くたびに
失くしたものがそれよりも
多かったって気づくはず
何かが増えて行くたびに
失くしたものがそれよりも
大切だったと気づくはず

いつかあなたは国を出て
泣いた女を思い出す
出し忘れてたぬか床に
胡瓜の一本あったこと
こりこり嚙めば思い出す
愛した女がいたことを

いつかあなたは国を出て
泣いた女を思い出す
あなたと私の真ん中に
かわいい坊やのいたことを
遊園地では二人して
あの子を吊って歩いたり
ソフトクリーム分けたっけ
いつまでも続く幸せを
信じて碧い空だった

※何かが増えて行くたびに
失くしたものがそれよりも
多かったって気づくはず
何かが増えて行くたびに
失くしたものがそれよりも
大切だったと気づくはず

リターン・トゥー・フォーエバー

(どこまでも続く夜の草原にカモシカが駆け抜けて行った。恐竜の足もとで眠るあなたは、45の位置を指したままカチカチと何度も鳴らすが、けっしてそれ以上上には上がれない壊れた時計の秒針のように、心拍だけを鳴らし、寝返りすら打たなかった。死んでいるのか、生きているのか、それとも記憶だけが動いているのか、銀河は降りてはこなかったよ)

昔ベルマークを集めていてね。寄付するためではなく、ただ眺めて楽しんでいたのさ。ある日、電車に乗り合わせた可愛らしい女の子のフードにこっそりその中の一枚を放り込んだんだ。そしたら僕はその子にいっぺんで恋をしてしまった。新宿までストーカーのように跡をつけていったけど、彼女が京王線に乗り換えたところで見失ったよ。それ以来、僕はベルマークが増えるたびに街へ出て、それがかっこよく収まるフードの女の子を探すのさ。まるでシンデレラみたいだろ？

太陽神は堕落したね。地上から神話を放逐した悪魔、電話線と地平線の違いも判らないろくでなし。液晶カメラで福沢諭吉とベンジャミン・フランクリンのお札を写しては、今はなき貿易センタービルのてっぺんから日毎夜毎偽札をばら撒いている。星を繋げて神話を創った遊牧民はもうこの街にはいない。（彼らの時代でもない）かつてこの流域で寝そべっていたクロコダイルは、訳あり引っ越し便の荷台に載せられて、遠くアマゾンの奥地まで運ばれてしまった。クロコダイルがセーターのロゴマークになるずっと以前の話だ。

手がかりはあったんだよ。誰にだって「その後」ってものはあるからね。とにかくあの子は寒がりだった。それにいつも一人で泣きべそをかいて、親に見捨てられた孤児のように街中を彷徨っていたんだ。彼女が少しでも温まろうと思って、なけなしの金をはたいて、デパ地下で買ったおでんの素、その箱についていたベルマークが京王線入口の柱に貼り付けてあったところまではわかっているんだが……。

彼女は突然この世から消え去った。いや、消え去ったように見えただけなのかな。

歌が聞こえてこないか。何か大きなものが崩れ落ちる寸前の叫びの合唱だ。火柱が、地下鉄を囲んで舞い上がる。通勤の群衆がみなのっぺらぼうの顔をしてスクランブル交差点を横切る。怒鳴り声がする。家のローンの残高と帰りに買ってくるおかずを書いたメモを紛失する。崩壊、ほーかい、ホーカイといろいろな言語で聞こえる太鼓の音が次第に高まってゆき、大音声となる。忘れかけていた懐かしい人々がキャンプファイヤーのように集まってくる。

お母さん、あなたはなぜ弟を見殺しにして私だけを生かしたのですか。二羽産まれた雛の片方が、必ず樹から蹴落とされるように、あなたは弟を捨てた。それとも弟と私、どちらでも良かったのでしょうか。地球の回転軸がたまたまあいつに符合してしまっただけなのでしょうか。あいつの靴が泥だらけでした。さんざん歩いたのでしょう。地球を何周も歩いて、そちらに行き着くほどに。もし、もう一度兄弟で生まれてくることがあったなら、どうか私の方を蹴落として下さい。どちらが幸せな一生かわからないので。私がお母さんの元へ早く行きつけるように。

太鼓（太古）のリズムは今も遺伝子に刻まれて、ブルースを歌えよ、ブルースを歌えよと催促する。僕は大声を上げてブルースを歌う。けれど、それでもやっぱり、銀河は降りてはこなかった。帰れない川があることをその時僕は知ったんだ。

太極拳を始めたよ。よく目覚められるようにね。超高層ビルの合間にある小さな公園で、カナリア色のチャイナ服を着て、手と足をゆっくり動かしていると、ここが大都会なのか、かつて恐竜が走り回った大草原なのかわからなくなるんだ。マンハッタン島に沈む夕日はあの頃とちっとも変っていないから。

僕はもう少しここにいることにしよう。せいぜいあの夕日が沈み切るまで、涙はまだ乾かないだろうから。

真夜中のシックスティーズ

六十年代が好きだった。

六十年安保は五歳のとき。僕は、駅前から県庁へと抜ける繁華街を、鉢巻きを巻いた連中がジグザグデモで通り抜ける様を二階の窓から眺めていたのをぼんやりと記憶している。今だったら、「安保反対！」は流行語大賞にでもなっていただろうか。日本中が「安保反対！」と叫んでいたから。

父がおどけて、「安保反対、安保反対」と言いながら家の中を駆け回るのを真似て、僕も「あんぽう、はんたい、あんぽう、はんたい」と言いだした。そのうち父が、「安保」、僕が、「反対」と連呼して狭い家の中を電車ごっこのようにぐるぐる回るようになった。樺美智子さんがデモ隊の先頭で警察隊と衝突して命を落としたのは大きくなってから知った。

あの頃の方がデモクラシーがあったと思う。そうだよね、お父さん。

ビートルズが好きだった。

小学校五年生のとき、僕は姉の留守を見計らって姉の所有物であるビートルズの「ひとりぼっちのあいつ」の入っているEP版レコードに何度も針を落としていた。僕は一人で興奮していた。日本の流行歌なんて五十年遅れてる！と憤慨していた。怒る理由などどこにもないのに。

でも、少し大人になると、ビートルズが好きだなんて、ミーハーのようでとても言えなくなった。洋楽にちょっとでもかぶれている奴らはみんなそうだった。ビートルズは別格だったから、口に出さなくても良かったのだ。そのうち、本当にビートルズよりも、ツェッペリンやストーンズやサイモンとガーファンクルやジョニ・ミッチェルやその他大勢の、あのころ出現したミュージシャンの方がずっとすごいんじゃないかと思うようになった。どうしてあんなファンタスティックな連中が世界同時的に発生したのだろう。今でも不思議。ああいうのを音楽のルネサンス期とでもいうのかな。

ヒッピーに憧れていた。

「所詮ヒッピーなんてものは失業者なのです。食べていけない人間が、なんで自由とか解放とかいうのか」

中学の先生が教室でそう言った。僕は先生よりもヒッピーの方が好きだった。だから先生の言うことなんかほとんどうわの空だった。でもそれを言うと叱られるのが目に見えていたのでなにも言わなかった。

ずいぶん後になってわかったことだが、ヒッピー文化というのは五十年代のバロウズやギンズバーグらのビートニクが源流にあるのだそうだ。道理で。

先日、あるヌーディスト村で短期の共同生活をする元ヒッピーがテレビに映し出されていた。元ヒッピーは、ホースで水を散布しながら、ときどきその水を美味そうに飲んでいた。そこへトンボが偶然現れ、ヒッピーの頭の上に止まった。周りの連中がどっと笑った。なんて眩しい光景だろう。

僕はそのテレビを観た夜、変な夢を見た。元ヒッピーにこう聞かれたのだ。

「ヘイ、ヒロ。よく見てご覧。このホースから小さな虹が出ているだろう。この虹がどこで生まれたのか、知ってるかい？」

ヒッピーにそう話しかけられたことになんの違和感もなく僕はこう答えた。

「その場でしょ。だって虹ってどこでも発生するじゃない」

ヒッピーは笑いながら人刺し指を左右に振った。

「それが違うんだ。虹は確かにどこにでも発生する。でも、虹にもお里ってもんがあってね、虹という虹はすべて熱帯雨林から出張してくるんだよ」

「へえ、」僕は驚いた。なんせ夢の中のあやふやな会話だから、不可解なことや辻褄の合わないこともまったく気にならない。クスリをやってるわけでもないのに、人の言ってることが素直に正しく思えてくるのだった。

「今度出掛けてみないか、熱帯雨林にジープを転がしてさ」元ヒッピーは気さくにそう僕を誘った。

とても興味のある話に違いなかった。彼が環境問題のスペシャリストであることにも興味があった。でも僕はその話を断った。僕には、虹と環境問題に関する興味は尽きなかった。しかし、そっち方面に関する興味は皆無であったから。

七十年代はつまらなかったな。

音楽、とくにロックは楽器の発達により、それまでとは比べ物にならないくらい音が良くなり、演奏者の技術も格段に進歩した。でも、それと反比例して、音楽の感動が薄らいでいった。僕は完成されたものにまったく興味が持てなくなっていた。代わりに僕の関心はフュージョンやジャズに流れていった。

唯一、七十六年に発表されたイーグルスの「ホテル・カリフォルニア」が僕の心を打った。しかしこれだって六十年代に対する愛惜の歌だ。彼らは、『ホテル・カリフォルニアにはそのスピリッツ（酒）は1969年以降はもう置いていない』と歌の中で嘆いた。スピリッツは精神という意味と掛けている。歌詞の中に出てくる、ホテルのドア近くに立っている亡霊とは1970年にドラッグで命を落としたジャニス・ジョップリンを暗喩している。本来静かな曲であるはずの「サマータイム」をあれほど絶唱するシンガーがかつていただろうか。以前あったものを単なるアレンジではなく、根底から覆してしまったのが六十年代、六十年代を下敷きにして完成させたのが七十年代。懐メロの流行る時代は不幸だ。

中学のときの校長は右翼だった。

「インターナショナルなどとほざくが、世界の国がひとつになるなど、寝言のようなことを言っておる。労働組合など実にけしからん」。彼は、『ひとつになる』というところで、左右の拳をそれぞれの方向へ引き延ばすジェスチャーをしながらそう息巻いた。教育者であるにも関わらず、政治も宗教の話もお構いなしだった。また、学年で一番良い成績を取るのが女の子だったりすると、「二年生は女が一番だ、男がだらしない」と全校集会の朝礼で叱った。そのついでにこんなこともまじめな顔で言っていた。

「百点を取る人間は百点以上かもしれないから、どれだけ頭がいいかわからない。しかし、零点を取る人間もどれだけ頭が悪いか計り知れない」と。

僕は自分のことだと思って妙に納得した。

お父さんが、
お前は喧嘩が弱いからすぐに敵前逃亡しなさいと、商工会議所を曲がったところで言った。
お父さんが、
お前の自転車の運転が下手だからぶつけられるんだと、わき道から飛び出してきた車にぶつけられた僕に向かって言った。

ベトナム戦争が泥沼化していった。
それでも僕はまだ自由を感じて生きていた。
歴史望遠鏡《ぼうえんきょう》をのぞいてみなよ。カエサルの遠征してゆく景色が見えてくる。
誰も見ていない場所で賽は投げられているんだ。
僕にまだ夢を見続けているようだ。六十年代に引きこもって。

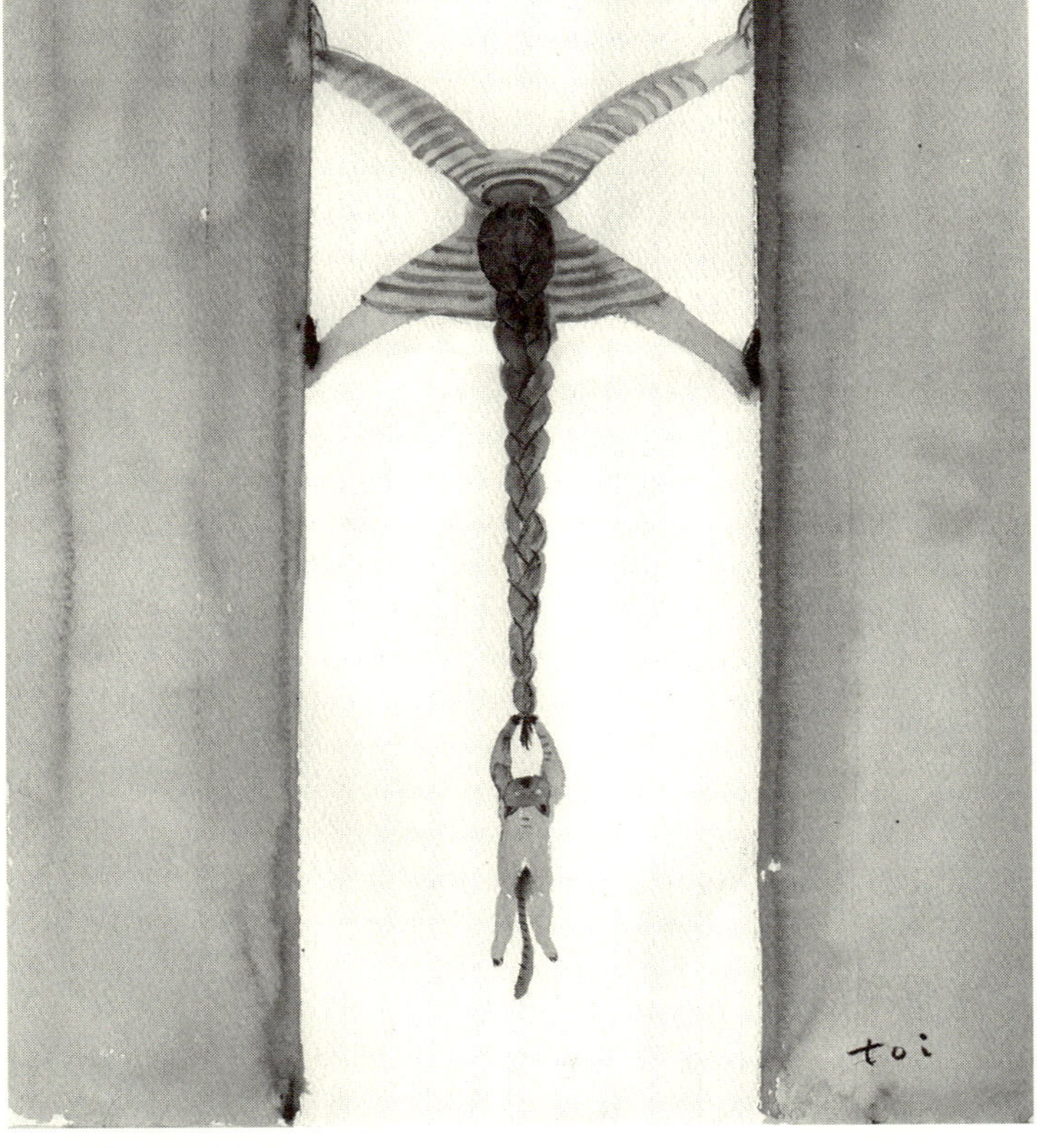

坂内友美作「落ちた猫」

駅前のメロン売りの口上

さあ、いらっしゃい、いらっしゃい。こちらに鎮座ましますメロン様はそんじょそこらのメロンとは大違いだよ。八月の海に置き去りにされた淡い初恋味のメロンだあ。これを食べたら勉強も仕事もぐんぐんやる気がみなぎって、人間偏差値、20アップすること請け合い。双極性障害も不定愁訴もいっぺんに吹き飛んじまう魔法のメロンだあ。さあ、買った買った、買ったもん勝ち極上メロン、パン、パパン、パンッ！

ひと口食べたら忘れられない初恋の味、ふた口食べたら彼と二人で乗った観覧車、てっぺんまで行ったら誰にも見られないからって、不意に奪われたくちびるの思い出。み口食べたら蕩けて溶けて天国まで蒸発してしまったあの日のお味。さあ、買った買った買っていいのはメロンと雑草、もひとつおまけに坊主の頭とくらあ。パン、パパン、パンッ、買ったもん勝ち奇跡のメロン。

思想のないオコエと清宮のV弾の軌道に愛を乗せ、今宵あなたにお届けする究極メロン。柑橘系の香りなど何の園まり、ちと古い。この芳醇な香り、アンタッチャブルな赤ちゃんのような柔らかな果肉、うっとりするほど微笑ましくも逞しく実ったこの育ちの良さよ。ボッカチオだってまっさおになっちまう新々宙返りの特大デカメロンだあ。浮気はいやよあなたのメロン、惚れたが悪いかおいらのメロン。さあ、買った買った、買ったもん勝ち美味しいメロン！

お父さんが、子どものころに逆上がりして見た逆さ夕焼けよりも懐かしい味。ストラディバリの音色よりも繊細で、コントラバスよりも野太い弾力と包容力を併せ持った異次元感覚芳醇メロン。ベートーベンはこのメロンと出会ってしまったばっかりに『運命』を作り、マゼランはこのメロン食いたさに地球を一周したのさ。さあさあさあさあ、買った買った買ったもん勝ち、極上メロン、パン、パパン、パン、パパパ、パンパンッ！

ショートストーリー

それぞれの死

1 最良の夫婦

沙漠を歩いている夫婦がいた。何日も歩き続け、もう食べるものが底を尽きかけている。水筒に入っている水を少しずつ飲み、さらに一週間が過ぎる。岩を背もたれにして日影を作りながら、瀕死の夫が妻に向かってこう言った。

「俺が死んだら……お前は……俺の体が腐らないうちに……食え。絶対に生き延びろ」と。

すると女はこう返答した。

「ありがと。そうするわ。じゃあ、もしあたしが先に死んだら、あんたもそうやって生き延びてよ」

男をなにも言わずに笑った。自分が先に死ぬことは火を見るよりも明らかだったからだ。

二人はそれから数日間、水筒に入っている僅かな水だけをちびちび飲んで歩き続けた。

焼いて食おうと思っていたサソリも、水分があるなら雑草でも構わないと持っていた植物も見つからない。駱駝も車も通る気配すらなかった。彼らのオアシスはついに現れなかった。

先に命が尽きたのは比較的元気な女の方だった。

男はまだ生暖かい女の死体にサバイバルナイフを入れながら死肉を食った。

「すまない。本当にすまない。俺の方が生き延びてしまった」そう言って男は泣いた。体にある残り少ない水分を出し尽くすほどうおんうおん泣きながら、男は妻の肉を食った。

通りかかった砂漠の仙人が、「生きるとはそういうことなのだ」と言ったとか。それも幻であったとか。

Ⅱ 律儀な泥棒

長い間留守にしていた男の家に泥棒が入った。近くには防犯カメラもなかったし、泥棒は用意周到、ゴム手袋か軍手のようなものをはめていたらしく、指紋のひとつも発見されなかった。警察も男も犯人を見つけるのは容易なことではない、そう直感した。

ところが、ひょんなところから泥棒の足がついた。それは盗まれた金額である。

被害者の家には、帯の付いた百万円の束がいくつも、粗末な手提げ金庫の中に鍵も掛けずに置かれてあったが、その金にはまったく手がつけられていなかったのだ。盗まれたのは、わずかに一万円札が二枚と小銭が２２０円だけであった。

被害者の男はこの金額に心当たりがあった。

（これは今から十数年前、自分が貧しかったころにＫから借りていた金だ！）二万円は被害者がその時Ｋに無心した金であり、２２０円は、借りる時の受け渡し場所に選んだ店のコーヒー代だったことを喫茶店の壁の模様ごと思い出した。

「貸してある金は二万と２２０円だからな、覚えておいてくれよ」Ｋはそう言って笑うと、突然姿を消してしまった。放浪癖がある男だったのだ。

荒らされていた部屋を見て気が動転していた被害者は、すぐに警察を呼んでしまったことをひどく後悔した。彼は警察にすべてを話さない訳にはいかなかった。その結果、Ｋはすぐに捕まった。

Ｋは旧友の配慮もあり、不起訴となった。男は、盗まれた金二万と２２０円を、Ｋの要望により形式上一旦返してもらい、その後、利子に見合う以上のご馳走をつけて返済した。

しかし泥棒は律儀な男だった。何が何でも筋を通す性格であった。数日後、Ｋは旧友に手紙を送った。「民事では解決済みであるとしても、自分がした刑事責任は負わなければならない」。そういった内容の遺書を残して自殺した。

醜い妖怪が襲ってくる。逃げようとしても隠れようとしても、こちらに手を伸ばして飛びつこうとする。髪は伸ばし放題、口は大きく裂け、汚らしいぼろぼろの、服というよりは継ぎ接《は》ぎを繋げているだけといった布を身につけている。その末端の裂け目が、動くたびにひらひら揺れていた。爪は中まで汚れ、顔は泥を塗りたくったようなどす黒さだ。何年も風呂に入っていない悪臭が漂う。僕は恐ろしさに震え、身悶えし、近くにあった園芸用スコップを両手でつかんでぶるぶる震えた。

妖怪の顔が一瞬柔和になった。だが、柔和な表情は却って不気味だった。「もう逃がさないぞ」といわんばかりだったからだ。汚い大きな笑い顔が《ぬう》と迫ってくる。

僕は勇気を出してスコップの一番尖ったところを妖怪の顔めがけて振り回した。

すると、その一撃がちょうど女の目を掠めた。女妖怪は手で目頭を押さえて膝をついた。ここで怯んでいては反撃に出られる。僕は何度も何度も妖怪にスコップの尖ったところを刺しつづけた。妖怪は「ぎゃあ！」と悲鳴を上げて一瞬だけ退いた。しかし、再び這ったまま近づいてくる。壁まで追い詰められた僕は、すぐそばにあった二十キロはあろうかという大きな花瓶を、低い体勢でいる妖怪の頭めがけて打ち落とした。花瓶は割れなかった。

割れないからこそその衝撃は凄まじかった。妖怪は「うう～」と呻き声を上げてその場にうつ伏せた。その時初めて女の口が開いた。

「隆夫や……」女が僕の名前を呼んだ！　僕は驚きうろたえた。女は続け様に言った。

「おまえに……触りたかった。おまえを……抱きし……めた、かったんだよう……」

そこで初めて気づいたのだった。

「お母さん！」

僕は母を抱きしめた。見た目だけで妖怪とか化け物だとか思い込んでいた自分が情けなかった。僕は、頬から伝う涙を母の顔に垂らし続けた。母は僕の膝の上で息を引き取った。

ミニマムストーリー

賢者か愚者か

人のために献身的に働く女がいた。彼女はそれが人のためではないと言い張る。

「これはまったく自己中心的な献身なんです。人を助けたいなんて気持ちはさらさらありません。あくまで助かりたいのは自分だけ。そうしないともう、しんどくてしんどくて」

すると、側にいた男がそれを聞いてこう言った。

「でも、そんなに頑張ったらあなたの方が命を落としてしまいますよ」

それを聞いて女はびっくりしたように目を丸くしてこう言った。

「何を仰います。そうなれば私はまさに救われたことになるではありませんか」

創作短篇

想像未来　凶悪犯罪者の処遇

今から百年後の２１１７年、某月某日、新しい憲法が発布された。そこには、「いかなる大罪を犯した罪人であろうとも、人が人を死刑に処することはできない。人はすべからく生存権を有する」という一文があった。

もちろん、この凶悪犯罪者に関する一文が成立するまでには様々な紆余曲折があった。被告の生存権を言うなら、残された者たちの心のやり場はどこへ持ってゆけばよいのか。家を焼き払われ、財産はすべて奪われ、唯一の望みはこんな目にあわせた罪人が同じような苦しい目にあうことだけだ。その最後の望みさえ断たれてしまった。こんな新憲法は破棄してしまえ！　あらゆる法律は憲法に則って決定される。こんな一文が憲法に盛り込まれたばかりに、憤懣やるかたない被害者の遺族は怒りに拳を震わせた。魂を抜かれたように日々を送る者もいる。心理カウンセラーのセラピーなどなんの慰めにもならず、なかには自ら命を絶ってしまう無辜の人も数多く出た。

一方、死刑反対論者の動きは今から五十年後の２０６０年代後半にはすでに活発になっていた。終身刑と死刑の間には果てしない距離がある。もし仮に冤罪であったならば、法が人を殺したことと同じである。過去には、そのように濡れ衣を着せられて死刑になった人間が数えきれないほどいた。よしんば、それが本物の死刑に値する極悪非道の犯罪者であったとしても、人が人の命を奪うことは許されないのである。それが死刑廃止論者の言い分であった。

この条文が、各国の憲法に加えられるまで、世界各地で死刑廃止論に賛成するデモとそれに反対するデモが頻発した。そのたびに抗議の焼身自殺者が双方の側から出たほどである。死刑と終身刑の中間に位置する刑罰はないものか。憲法学者を初めとして各界の著名人、有識者、一般市民の意見も取り入れて新たな刑罰をどのように取り入れようかという大論争が巻き起こった。

死刑に代わる極刑を試行錯誤した過去の歴史を繙いてみよう。

とりわけ有力だったのが凶悪犯罪者をロボトミー化する案である。

今を遡ること八二年前の１９３５年、ジョンクルトンとカーライル・ヤコブセンが、チンパンジーの前頭部を開いたところ、性格が著しくおとなしくなることを突き止めた。これを医療分野に利用したり、犯罪や悪癖の抑止に利用できないだろうか。そう考えるのは自然の成り行きであった。翌、1936年には、ポルトガルの神経科医エガス・モースが、ペドロ・アルメイダ・リマと組んで初めてヒトに前頭葉手術を施した。ロボトミー手術の始まりである。

ロボトミーのロボはロボット（ROBOT）からくると誤解する人が多いが、この医学用語であるロボはLOBOすなわち『葉』という部位を指す。ロベクトミーといえば、肺などの葉切除のことであるが、前頭葉の手術に関しては、ロボトミーと呼ばれている。そのせいで、あたかも人間がロボットにされてしまうという誤解が生まれた。我が国においては、主にアルコール依存症で乱暴を働く患者に適用されたが、戦時中には凶暴な人間に対して、人体実験さながらの手術が罷り通っていた可能性が大である。それが院内ひいては国家の緘口令によって隠蔽されていたことは言うまでもないが。

この手術を死刑に相当するすべての受刑者に施してはどうか。死刑囚は自分が死刑になるか、よくても一生恩赦も受けられずに刑務所にいなければならないと分かっている。従って、彼らは一般の受刑囚に比べていっそう凶暴であり、他の囚人を所内で殺してしまうこともある。どうせ死刑になるのならなにをしても構わないと思っているのである。大人しくしていれば刑期が軽くなる普通の囚人とは格段に違うので、刑務官の手間も尋常ではない。もともと凶暴な性格が、死刑という恐怖や諦めから輪を掛けて凶暴性を増す。そんな彼らにロボトミー手術を施せば、死刑執行までの数年間は大事に至らずに済むであろう。いや、そもそも彼らに対してこの手術は執行しても何ら問題はないはずなのだ。彼らはそれだけの悪事を働いたのだから。誰しもがそう考えた。ロボトミー刑罰論は俄然現実味を帯びてきた。

しかし、一方で、ごく少数の意見ながら、看過できないロボトミー手術の欠陥も指摘されたのである。それは、ロボトミー手術を施された人間が一様に無表情、無感動であるという厳然たる事実であった。手術は、人権そのものを破壊する。人間が人間でなくなるとは、まさにロボットそのものになることなのである。

それまで無言で耐えてきた人権擁護派が一斉に立ち上がった。そしてロボトミー手術反対！を叫び始めたのである。

だが、その意見に対しても死刑賛成論者の立場から、意見というより、抗議や非難の声が殺到した。

「当然です。ロボトミー手術はやってしかるべきです。憎っくき死刑囚に対して死刑ができないのなら、せめて犯人の『心』を奪うことで殺された愛すべきものへの追悼としたい」。そのような意見が世論の多数を占めたのであった。

現実にはどうであったろう。

一般的な手術でロボトミーが頻繁に行われたのは１９６０年代までで、70年代にはほとんど施術されていない。その理由は、やはり人権蹂躙という意見が有識者の間から多く出た（市民の意見は違う）ことによるが、それとは別に、ロボトミー手術によって却って凶暴性を増すという驚くべき事例が報告されたのが一番の理由であろう。この副作用は、それまでのロボトミー開発に期待する科学者を大変失望させた。また、鬱病の場合、ロボトミー手術に頼らずとも、投薬によって改善する新薬の開発が進んだことも研究が頓挫した外因となっている。

『心』を外科手術でいじることは神を冒瀆することとなる。そういう暗黙の了解が脳外科医の間に広まり、ロボトミーの話はタブー視されて今日に至る。

但し、それを軍事目的に利用する研究は今でも極秘裏に進められている。なんせ、ロボトミー手術を受けた人間には恐れという概念がない。無表情のまま敵の砲撃に向かって突き進むのであるから。

さて、ここからが未来。今から２４３年後の２２６０年代は本格的な宇宙の時代へと突入する。磁場問題もクリアし、あちこちの星へ、また宇宙サテライトへと、ごく普通の人々が行けるようになった。ただ、この惑星だけは違う。オールト星も越え、１パーセク（３・２６光年）以上も離れた場所にある星なので、通常のロケットでは到達できないのだ。しかし、それを可能ならしめたのが、２２７７年の超高速加速器の発明であった。これを利用すれば、人為的に時空の歪みを作り出すことができ、ある種のワープが可能になるのである。もちろんそれにはそれなりのリスクもある。しかし、それはそれ、『死刑囚を乗せて行くのであれば』、という世論の賛同を得、世界中に拍手喝采された。人権擁護派は後手に回った。

実は、人類が死刑囚またはそれに類する凶悪犯罪者をその星へ送る決議をしたのは新型超高速加速器の発明より六十年も前である。しかし、その技術はまだまだお粗末なものであった。人権派寄りの新聞から『死刑囚は集団宇宙葬により刑罰を受ける』と揶揄される記事が出たのも無理からぬ話であった。もっともこのワープ原理を利用した装置が開発され、いよいよ流刑が実施される段階になっても死刑廃止論者と推進派の間で喧々諤々な議論は続いていた。

「これもある種の殺人ではないか」と人権擁護派が問えば、「いや、これはあくまで犯罪者を悔悛させる時間と場所を提供することなのであり、命を奪うということと根本的に異なる」と推進派は答える。それに対しては、「しかし、一旦放り出したら永遠に戻ってはこられないではないか。浦島太郎現象で、彼らが帰って来た時には我々はすでに存在していない。彼らにとっては未来の人類がここにいるのである。それに、従来から議論の対象となっている冤罪の可能性だってある」と応じる。それに対してはまたまた、「ではこうしよう。冤罪の可能性がある犯罪者は、時間を掛けて慎重に審査しようではないか。どうしても死刑に相当する罪人に限ってその星へ送るのだ。浦島太郎現象に関しては、これはどうにも致し方ない。そもそも死刑に値する刑罰である。彼らが生きてゆける場所と時間を与えているだけでも死刑とは雲泥の差がある。その星にはここと同じように水も空気もある。彼らが生きてゆくには十分な環境が整っている。これ以上の温情があろうか」こう言って抗弁とした。さすがの人権擁護派もここまで筋の通った理論に対抗できる術はなかった。

2281年、最初にその星に送り込まれた死刑囚は、国籍も言葉も異なる男女合わせて五百名である。中にはロボトミー手術を施されたような温和な犯罪者もいる。ところが、彼らはそこへ到着する三年にも満たないうちに彼ら本来の凶暴性が表面化し、機体（ロケットとは呼ばない）の中で殺し合いを始めてしまったのである。たどり着いたのは、僅か五分の一の百名そこそこであった。

そして第二回極悪犯罪人移送計画は、その二年後の2283年、万全の態勢を敷いて実行された。各部屋は厳重に仕切られ、お互いのコミュニケーションはテレビモニターを通じてのみ行われる。部屋には心地よい旅生活が送れるよう、空調施設はもちろんのこと、食事の栄養管理、興奮を抑えるための微量の芳香剤入りミスト散布、ヒーリングミュージックなどなど、宇宙生活が苦にならない配慮が随所に設けられ、まるで全員がにわか宇宙飛行士になったような状態であった。

2330年。これまで何人の死刑囚がこの星に送り込まれたであろうか。初めの計画では永遠に継続させる予定であった。が、突然この刑は中止された。もちろん人権擁護派の意見が再び優勢になったこともある。しかし、それ以前に私たちの住む星にそれほどの悪事を働く人間がいなくなってしまったのである。恐らくそんな星に送られるぐらいなら死んだ方がまし、という意識が犯罪への抑止力となったようである。また、罪を犯したくなる遺伝子が胎児の段階で摘み取られる技術が確立したのも大きな理由である。

新しい星の住人となった彼らの方でも、もうとっくに自分たちがよその星から送り込まれた元囚人の子孫であるということを忘れてしまっていた。なぜなら彼らはもう自分たちの母星である私たちの星とは長い間交信をしていないのである。また、新しい囚人が送り込まれた形跡も皆無であった。事実、彼らがこの星に送り込まれてから、彼らの時間では数百万年も経っているのである。

囚人たちがその星に降り立ってから今日に至るまで、彼らは奪い合い、殺し合い、他者を征服することだけで自分たちのＤＮＡを維持し続けてきた。自分たちが到着する前の住民である自然や動物に対しては破壊の限りを尽くしてきたと言っても過言ではない。戦争はいたる所で勃発し、紛争は絶えることがない。宇宙モニターで観察するところによれば、相も変わらず彼らの思想は稚拙であり、野蛮であり、自己中心的である。欲得でしか物事を判断せず、目的のためには手段を選ばないことも頻繁にある。

しかし、一方で彼らも彼らなりに進化を遂げているようである。殺し合いが得策ではないと彼らなりに判断すれば、自ら法を作り、また、住みよい住環境が必要とあらばそれを計画し、実行に移すようになってきた。

彼らにも一縷の望みはある。その時は、彼らとの交流も可能になるであろうと我々は考えている。彼らの星は、彼らが命名するところによれば、『地球』とよぶらしい。

（ロボトミーと宇宙関連の資料はウィキペディアより。

尚、ロボトミーを死刑代替え案としたのは筆者の創作）

表紙の絵「逃げたきつね」について

作者はこの本の著者の甥にあたる田中響氏（一九八六年〜二〇〇二年　享年十六）。小学校四年のとき、自作の童話に絵をつけ、それを習志野市こども絵画展に出品。優秀賞を受賞する。十六歳のとき、彼が交通事故で亡くなったあと、両親は子どもの記念にフィリピンのカモテス島に学校を建てる。現在は国営のマンモス校となり卒業生は数千人を数える。

村田マチネ◎むらた　まちね

一九五五年　千葉市生まれ

一九九六年「手切り川の秘密」にて第六回ぶんけい児童文学賞　佳作

一九九七年　同作品を大幅修正し毎日中学生新聞に三ヵ月間連載

二〇〇四年　第一詩歌集「アルカイックセンチメンタリズム」を思潮社より出版

日本児童文学者協会会員

バベル

二〇一七年四月五日初版第一刷発行

著　者　村田マチネ
装　幀　西田優子
発行者　上野勇治
発　行　港の人
神奈川県鎌倉市由比ガ浜三－一一－四九
〒二四八－〇〇一四
電話〇四六七－六〇－一三七四
FAX〇四六七－六〇－一三七五

印刷製本　シナノ印刷
ISBN978-4-89629-329-6